KB145513

보이는 것 너머

장계숙 시집

시음사
시사랑음악사랑

인간의 내면을 보여 주는 시인 장계숙

인간, 사람, 나, 너, 우리 내면의 정의는 무엇일까? 하는 고민을 해본 적이 있는가 이런 생각을 하는 사람은 분명 문학에 관심이 있거나 문학인일 것이다. 인간의 내면 자아, 무의식, 초자아로 나눠 각각의 영역이 인간의 행동과 의식을 어떻게 규명하는지 이론적으로 규명하려고 노력했던 지그문트 프로이트가 생각나게 하는 장계숙 시인을 소개하고자 한다. 인간에 대한 합리적인 결론은 허망과 진실의 중간자라 하고 또한 인간을 무한대와 무한소의 중간자이며, 창조적 종합예술작품이라고 이야기하고 있기 때문이다. 꿈과 현실 사이에서 방황하는 인간의 내면을 보여 줄 수 있는 것은 거창한 철학이나 학술이 아니라 바로 우리라는 것을 보여 주는 시인 장계숙 이다.

사람은 누구나 창조적 예술성을 가지고 있다. 어떤 위치에서 어떤 사고로 예술성이 나타나는가 하는 차이점이 있을 뿐이다. 인간 내면에 잠재된 감성을 다양한 기법을 활용하여 적극적인 사고와 긍정적 에너지의 결과를 말해 주고 있는 장계숙 시인의 작품을 감상할 기회에 감사한 마음이다. 장계숙 시인은 서사성이 은폐되는 방식의 詩를 보여주고 있다. 이는 시인이 시적 주체의 순수성을 확보하여 객관적 진술 태도를 견지하려는 시도라고 볼 수 있다. 또한. 시에서 시적 주체는 대상의 서사〈敍事〉성을 띠면서도 주체〈主體〉의 정서〈情緒〉가 합리적이라는 은유〈隱喩〉적 표현을 사용하여 현대 시의 흐름을 보여 주고 있다. 현대인들이 스마트화된 세상에서 가장 필요로 하는 것이 바로 간결하면서도 정확한 이미저리를 전달하는 것이다. 장계숙 시인의 이번 시집 "보이는 것 너머"를 정독하면서 시만이 가지고 있는 깊이와 문학적 가치를 이해할 수 있길 바라며, 마트로시카 인형처럼 계속해서 또 다른 작품으로 독자와 만남이 이어지길 바라면서 첫 시집 "보이는 것 너머"를 기대에 찬 마음으로 추천한다.

사단법인 창작문학예술인협의회 이사장 김락호

시인의 말

시련이란 출생의 우연성으로 이미 정해진 걸까?
모든 감정이 화석이 돼서야
그 권리에 품은 감정을 파내서 없애 버리고 싶었다
사랑을 잃을까 봐 고통이 더 절실하던 날
의식의 반동이 쉴 새 없이 들끓어
정신적 공백을 반드시 채워야 할 순간
마지막 남은 영혼이 시를 읽었다
고통을 넘고 싶은 마지막 한 발을 내디디고
우연처럼 실현된 삶의 교묘한 절충
나는 시인으로 해방되었다.
                           〈나는 시인이 되었다〉 중에서

삶이 늘 친절 했다면 글을 쓰지 않았을 것이다.
모든 괴로움엔 이유가 있고 그 본질을 파헤치다 보면
마음의 무게가 한층 가벼워짐을 느낀다.
매 순간 불편한 현실에 찔리는 삶,
그 조건으로 부터 달아날 수 없는 영혼.
고뇌하는 동안 사고의 견고함 속에서 희망을 발견하고
잘 정돈된 내면의 고요는 삶의 엄숙한 순간으로 다가온다.
생각해 보면 습관처럼 생각을 즐기며
자신을 겨냥한 무언가를 항상 쓰고 있었던 것 같다.
삶을 사랑하고 현실에 고뇌하는 아름다운 사람들과
사랑하는 가족들과 함께 나누고픈 지고한 마음의 노래
삶에 대한 감사함으로 첫 시집 〈보이는 것 너머〉를 함께
하고 싶습니다.

                                        시인 장계숙

목차

8 ... 보이는 것 너머

9 ... 선명한 나날

10 ... 내면의 봄

11 ... 결단의 고통

12 ... 겨울비

13 ... 고뇌

14 ... 선물

15 ... 가난의 약점

16 ... 가을에게

17 ... 가난의 심상

18 ... 무심

19 ... 가을이

20 ... 가을이여

21 ... 눈 오는 날

22 ... 감사

23 ... 꿈

24 ... 거리에서

25 ... 슬픈 날의 위로

26 ... 천문 산 여행

27 ... 기분

28 ... 겨울나무

29 ... 그리고 겨울

30 ... 계단 밑에서

31 ... 도단

32 ... 죽음1

33 ... 시달림

34 ... 마음 실격

35 ... 이기적 환상

36 ... 다시 또 시작

37 ... 병원의 밤

QR 코드 스마트폰으로 QR 코드를 스캔하면 시낭송을 감상할 수 있습니다.

제목 : 가난의 심상
시낭송 : 김지원

제목 : 겨울나무
시낭송 : 박영애

목차

38 ... 세월 호
39 ... 욕심
40 ... 굴레
41 ... 꿈꿀 권리
42 ... 백수
43 ... 낙화
44 ... 재밌어
45 ... 구토
46 ... 그리움1
47 ... 바람
48 ... 꽃
49 ... 바닥
50 ... 순수의 시간
51 ... 어둠 속의 산책
52 ... 독백
53 ... 헤비메탈 마니아
54 ... 흔하지 않은 기쁨
55 ... 맘 털어내기
56 ... 비판
57 ... 일상의 꿈
58 ... 놓친 것들에 대하여
59 ... 그러지 말자
60 ... 잊어버리자
61 ... 소나기
62 ... 집착을 느낄 때
63 ... 푸른 영혼에의 집착
64 ... 위선
65 ... 책
66 ... 또 여름
67 ... 긍정에의 강요

QR 코드 스마트폰으로 QR 코드를 스캔하면 시낭송을 감상할 수 있습니다.

제목 : 헤비메탈 마니아
시낭송 : 최명자

제목 : 소나기
시낭송 : 김락호

목차

68 ... 굴절

69 ... 사랑 한다

70 ... 회상

71 ... 두려운 만남

72 ... 파도여

73 ... 슬픈 행복

74 ... 그대여

75 ... 기억 속으로

76 ... 내 안의 봄

77 ... 생각 읽기

78 ... 생의 다른 곳

79 ... 연륜

80 ... 비 그리고 기억

81 ... 빈 서판'을 읽으며

82 ... 마음 낳는 곳

83 ... 봄의 생기

84 ... 질투

85 ... 고독 아니면 사랑

86 ... 공허한 버릇

87 ... 어둠

88 ... 내게서 멀어져

89 ... 미지의 봄으로

90 ... 싸구려 단맛

91 ... 스티븐 호킹

92 ... 열등감

93 ... 그리움2

94 ... 틈

95 ... 강가에 서면

96 ... 당부

97 ... 사는 일1

QR 코드 스마트폰으로 QR 코드를 스캔하면 시낭송을 감상할 수 있습니다.

제목 : 비 그리고 기억

시낭송 : 박영애

목차

98 ... 일본의 이면

99 ... 기도

100 ... 고흐의 '까마귀 나는 밀밭'

101 ... 유혹

102 ... 지금

103 ... 남겨둔 아침

104 ... 잠기다

105 ... 순간

106 ... 휴식

107 ... 깨달음

108 ... 위대한 자연

109 ... 외톨이

110 ... 몸살

111 ... 핸드폰

112 ... 그곳에 가면

113 ... 사는 일2

114 ... 유실

115 ... 죽음2

116 ... 비

117 ... 어쩌면

118 ... 기다림

119 ... 치매

120 ... 바다에서

121 ... 예술

122 ... 아버지 생각

123 ... 넋두리

124 ... 아무것도 하기 싫은 날

125 ... 몰입

126 ... 탐욕

127 ... 실망

QR 코드 스마트폰으로 QR 코드를 스캔하면 시낭송을 감상할 수 있습니다.

제목 : 핸드폰
시낭송 : 박영애

보이는 것 너머

오랜 세월
저 언덕 너머로
어둠을 돌려보냈다

가없는 하늘 위
눈을 가로막는 답답함
가슴에 바람이 분다

볼 수 없어
마음이 멀고
귀머거리가 되어도
형체 없는 하루가 걸어온다

푸른 밤
꽃비가 내리는 걸 보니

바람도
시간도
너머에 있었구나

선명한 나날

오래된 일기장을 펼친다
습기로 달라붙은 책장을 비비며
가슴은 기억의 계단을 오른다

종이 위 빛바랜 필흔이 선명하다
시간의 가르마를 타고
아련한 기억을 밟는 통증

삶에 그을린 나날이 길다
가슴이 헐고 시려도
극빈의 맘을 매우 듯 빼곡히 눌러 쓴 기도

새삼
풋풋한 언어의 쾌적함을 맛보며
결핍의 내면을 소화하고
어제인 듯 선명한
먼 길을 빠져 나온다

내면의 봄

들꽃 같은 잔잔한 빛
쓰라린 계절 너머
묵상의 고통으로 피었나
울컥 부푼 향기가 온다

단단히 물고 있던 겨울의 내성
납작한 뿌리에 물기가 솟고
긴 슬픔을 먹어치운 닐
마음의 이명에 꽃이 핀다

낯선 표정이 익숙해질 때
꼼짝할 수 없는 극단의 끝에서
햇살 밟고 떨어져 누워도
낮게 숙이며 피는 마음.

결단의 고통

죽어라 달음박질쳐도
막다른 골목뿐이다

겹겹이 쌓인 행적
파헤치는 마음 앞에
끔찍하고 초라한 현실

끝내고
다시 시작한다는 것

스스로 새로운 기도로
좌절의 고통을 벗어나
양심의 직관에 따라
두려움을 버려라

댓가를 지불하고
고통으로 얻는 교훈
결단은
진보 최고의 수단이다

겨울비

망망한 고독으로
미동 없이 또 계절이 온다
우뚝우뚝 솟는 고통
차가운 비가 내리네

그래. 내게로 오라
어둠을 타고 오는 빗소리
너노 말 하고 싶겠지
얼마나 긴 날을 허겁지겁 달려왔는지

따끔거리는 통증
어둠 속 엉키고 더듬거리며
따스한 영혼의 정수리에
걸음걸음 가시로 박히네.

고뇌

또 무얼 쓰려 하는가
이것이 과연
내 것이었나

언어의 유희
그 농간에 에너지를 쏟고
혼자 위로 받는 멍청함

쌓이는 책을 보며
그들이 뱉어버린 활자를 주워 담고
숱한 언어에 학습된 나약함

영혼에 투신하고 살아 나온 껍데기
이것이 정말 내 것인가.
일말의 불쾌와 애수가 희망이다.

선물

내면의 긍정을 담은
뚜렷한 증거가 눈앞에 배달됐다
갑자기 허둥대며 찾고 싶은 애착
고갈되지 않은 맘이라고

따스함이 녹아내리고
가치와 믿음이 일치하는 순간
틀림없다고
깊이를 헤아리는 동안
맘은 원하는 자리를 찾고 있다.

가난의 약점

햇살 가득한 거리에서
자꾸만 가슴이 줄어들고
얇아진 심장이 퍼득인다

부푼 영혼을 압착시키고
마음 한 조각 떼어내면
괜찮을 줄 알았다

머릿속 귀퉁이가 부서지너니
서러움의 뭉치가
심장에 박혔다

세상의 완고함에
성숙을 모방한 치졸한 자존심은
시린 가슴을 무장 시킨다

턱없이 비상하는 마음 뒤에서
치사한 중얼거림은 구실을 만들고
결핍의 증거는 가시처럼 돋아나

아닌 척 영악하게 웃고 있지만
벗겨진 가난의 껍질에
아픈 낙인만 찍고 있다.

가을에게

안간힘에도 소용없구나
아련한 향기에 찔리고
문득 살아나는 어렴풋한 기억들

근질거리며 몰려나와
깊은 결속으로 응집하며
현실의 운명과 교차하는 순간이다

계절의 훌륭함에 극찬하고
한낮에 환상에 사로잡혀
얼빠진 가벼움이
예고 없이 뇌진탕을 일으킨다

부는 바람의 무한한 창조여
보송보송한 기억의 도발이여
넋 놓는 하루를 거둬가길
영혼의 빈틈에 끼워질 오늘을 위해.

가난의 심상

각박한 삶엔 너그러움이 없다.
자신을 위한 약속은 더 만만해 지고
노동은 시간과 돈을 합체시키며
커지는 마음의 공백을 본다

불만처럼 달고 다니는 현실에
화해의 찬물을 끼얹고
빛나는 신념과
강한 의지를 무기로
하루를 치열하게 싸우고 나면

돌아오는 거리에서
긴 그림자로 만나는 자신이
더없이 대견하고 뿌듯하다.

제목 : 가난의 심상
시낭송 : 김지원
스마트폰으로 QR 코드를 스캔하면
시낭송을 감상할 수 있습니다.

무심

그래
알 수 없어
그 마음 어느 귀퉁이에 걸려 있는지
그저 바라보다
다시 생각할 뿐이지

너무 많은 마음
여기저기 날갯짓 멈출 수 없으니
향하지 않는 맘
그저 바라보다
그렇구나
다시 인정할 뿐이지

가을이

소란하던 푸른 숲에
바람이 분다
거칠게 펼쳐놓은 뜨거움
초록의 정점을 쇠퇴시키며
황홀했던 기억을 주워 모은다

꽃향기는 날아가
골짜기를 타고
소리 없이 붉게 번지며
화려한 창조를 시작 한다
가을이 오고 있다.

가을이여

가을이여
감각에 열중 하는가
타고난 상념의 자부심으로
고상한 풍경에 값을 매기고
저마다 시선의 충일감에 빠졌구나

지나간 기억을 순수라 말하며
잃어버린 열기와 냄새를 탐닉 하네
환상을 지닌 증인으로
절묘한 순간 사랑이 깃든
꿈 한번 꾸고 싶구나.

눈 오는 날

나비가 난다
나풀거리며 어디로 가는지

쫓아도 용케 숨어버리고
바닥에 닿기 전에 잃어버렸다

순간의 생이
아무런 인연 없이 떨어진다

엉키고 엉켜 솎아낸 자리
마음이 날고 있다

감사

긴 세월
시간에 맘을 묻었다
영혼이 추락하고
땅속을 관통하는 슬픔

세상 구경 못 하고
심장에 박힌 언어
가슴 가득 차오르다 끝내
균열을 갈망하며 새어 나왔다

낡아 버린 기억들
아직 푸르고 아름답다
삶을 이어갈 원천으로
기억의 질감을 만지는 행복

오늘도 맘이 열중하고
향하고 뛰고 구른다
감사하고
또 감사하다.

꿈

위대한 과거는 무사히
시간을 통과했다

삶의 부착물을 잔뜩 끌고
상쾌한 접촉을 잃어버린 채
잡음을 고르고 있다

폭발적 질문을 던지며
순수의 반발이 증식 한다

달력을 넘기듯
불투명한 연속적 삶을
깨끗이 자를 순 없는가

마음 일으키는 갈망을 제거하고
삶의 우세를 확립하기엔
누적된 고립의 피로가 슬프다

여명이여
푸르게 다문 입술로
자신을 보양하는 삶이 되도록
날마다 위대한 순간으로 지켜주길.

거리에서

햇살 창창한 거리
꺾이고 휘고 틈에 끼어도
깨지지 않는 그림자가 예쁘다
하루를 돋구는 소란스런 자극
흐르는 율동을 본다

일상의 높이에서 추락하고
내면으로 향하는 정적
한없이 타고난 너그러움이
태어나 처음 열린 눈으로
다시 한번 달갑게 삶을 본다

슬픈 날의 위로

쓸모 있게 굴러가던 기분
점점 힘든 찌꺼기가 쌓인다
눅눅한 집착이 머릿속을 날고
인내는 살얼음판이다

기쁨과 섞이고 싶다
맘 뜨겁게 졸이는 동안
존재의 마땅함에 화풀이 하듯
삐뚤어진 세상의 혜택을 생각 한다

투덜거림을 위한 충동
현실의 무게를 던져버리고
우울의 껍질을 벗기는 동안
가슴에 고이는 눈물

천문 산 여행

현실의 풍경에서 헤어져
보다 거대한 세계를 만난 경이로움
그동안
그토록 침울한 꿈을 꾸었던가

내게서 깨어나
다시 내게로 오는 빛이여
현명한 모습으로 우뚝 선 자태
대륙의 산천은 과연 위대하다

봉우리 마다 구름 꽃 피어
의욕의 자유와
잔인한 열망이
슬픔을 물리치고 여기에 서 있네.

기분

나와 마주친 모든 것들이
내 하루였네

종일 뭔가 응시하고도
잔상의 기억조차 없는 걸

이 무거운 짐
받아줄 이 아무도 없는데

영혼 아래 흐르는 침묵이
마음을 투시하고 달아난 하루

아무 존재도 볼 수 없었다
도둑맞은 기분.

겨울나무

얼마나 후련한가
멈춘 듯 숨죽인 채
가식 없는 몸짓
무채색 풍경 위로 꿈을 그린다

깡마른 가지 하늘을 찌르고
관조하듯 절제된 말끔함
생기를 빼앗긴 외로운 절규
속으로 속으로만 집중하는 삶이여

땅속에선 겨울 속 봄이 온다
소곤대는 따스함으로
뿌리를 자유롭게 뻗으며
날아오를 순간을 벼르고 있다.

제목 : 겨울나무
시낭송 : 박영애

스마트폰으로 QR 코드를 스캔하면
시낭송을 감상할 수 있습니다.

그리고 겨울

삶은 늘 견딜 수 없네
차가운 벌판에 홀로 선 나무처럼
종일 앙상한 그림자뿐이네

벌판을 나란히 달리던 기억
변명하듯 삐걱거리던 행복
바로 아득한 어제의 일이네

친숙한 기억은 사라지고
익숙한 일상으로의 회귀
또 봄이 올까.

계단 밑에서

실속 없는 열정인가
헛되고 어리석은 영혼이여
함부로 재단할 수 없는 벽을 보며
어두운 공간의 끝을 더듬는다

돈으로 쌓아 올린 견고한 계단
세상의 희망은 그 길로 통한다

금전만능의 폭력 앞에
초라한 자신을 반추하며
상냥한 의지는 멍하니 서서
일련의 늪에 빠졌다

도단

그 마음엔 자신뿐인가
내면의 확대된 불편함으로
생각이 멈춘 자리
무언가 잡고 늘어지고 싶은가

말이 던지는 마찰
심장을 찌른다
상처로 굳은 독백이
바닥으로 뚝뚝 떨어진다

마음을 비벼 상처를 골라내고
까실하게 뭉친 보풀을 뜯어내면
매끈한 기억만 남아
벌어진 상처가 아물려나.

죽음1

생이여
열렬한 환희로 왔던가
혼돈의 운명을 더듬는 냉혹함
삶 속에 깃든 비극이여
불멸의 기대는 잊으라

속절없는 반발과 행복의 연속
심적 마취의 세월이여
시간을 걸어 나와
싹틔운 곳에 숨을 묻고
그림자를 지우네.

시달림

마찰의 균열이 아프다
의욕 할 수 없는 나날들
겨우 맘을 이어붙이고
더는 소환할 수 없는 기쁨에 대해
감정을 유보하는 습관이 생겼다

눈물로 뒤엉킨 까칠한 몸부림
끝내 함몰하지 않으리라
고통 앞에 세상은
비인간적인 그림일 뿐

시간으로 만나는 눈물 위에
출렁이는 영혼
바람 한 줄기 느끼지 못한 채
무참히 떨어져 나왔다

볼 수 없어 아름다운 내일이여
순간의 꿈일지라도
못 견딜 삶의 눈빛으로 다가와
다시 선명한 나날이길

마음 실격

삶의 괴팍함이 너무나 뚜렷해
시시각각 닥쳐오는 무수한 타격
지친 심장에 희망이란 뭔가

친밀한 하루가 밀려 나오네
보상할 길 없는 상실의 시간
절망의 끝은 희망이란 거짓말

가치를 질식 시키는 복종 뿐이네
세상은 결코 변명하지 않아
거추장스러운 맘이 변했다 하네

까다롭고 모호한 삶이여
깨질 듯 선명한 냉정을 강요 마라
가끔은 치미는 분노를 용서 하라.

이기적 환상

고루한 현실의 일상
잔재주에 능한 변덕에 구토 한다

생의 환멸을 달래줄
순진한 미소를 찾아
내면을 샅샅이 뒤집어 놓고
고원의 바람을 기다린다

눈먼 영혼이여
예감 가득 찬 어둠을 향해
메마른 절벽에 맘을 꽂으며
마디마디 오르는 따가운 숨

현실을 버린 생각의 천국
위대한 천재들이 보았던
세상 밖 세상으로 가고 싶다

다시 또 시작

진작에 알아야 했다
눈부신 햇살의 표류
얼마나 아름다운가

별들이 까맣게 타고
흔적 없이 사라질 때
눈빛 갈 곳 없어라

부질없는 회상
다시 가슴에 구겨 넣고
시린 미련은 딱딱하게 굳었다

아직, 달콤한 향기와
눈물의 촉감이 느껴져
마음 비틀며 솟구치는 열망

찰나의 광채가
고통을 튕겨내고 있다.

병원의 밤

어둠 속 발소리가 바쁘다
끝없는 두려움의 재촉
간혹 날아오는 비명은
고통을 뿌리는 낙진이다

영혼이여
폭풍 속을 지날 뿐이야

짐작할 수 없는
내일의 거만함이여
햇살을 감추고
눈물로 미소 짓는가

저항할 수 없는 간절함
오늘의 기도가
더없이 겸손하다.

세월 호

거대한 고래가 미라처럼 떠올랐다
시간의 압력을 삼키고
침묵에 오열하던 기다림

비극을 초월한 몸짓으로
간절한 봄날 응수로 대답하듯
하늘에 노란 리본 꽃을 피웠다

눈물에 녹슨 뼈와 살
납득할만한 이유도 모른 채
화사한 햇살에 눈을 뜬다

슬픈 팽목항 등대 아래
오늘도 노란 개나리가 핀다
아름다운 이의 서툰 망각이
계절 없이 피고 또 피었다

욕심

세상은 참 무료하고
죽지도 못하고
그저 위안을 삼는다는 게
날아가는 새와 꽃
저 바다와 별들 위의 행성
행여
인간으로 만날 줄이야

욕심은 아름다운 것
탐욕으로 심장을 가득 채우고
눈 속이 뜨끈해지는 날
마음을 도려내듯
핏빛보다 진하게 번지는 노을이여

하늘에 쿡 닿도록 담을 쌓고
눈은 또 어둠 속에 익어간다
이미 알고 있다
차가운 비수를 등 뒤에서 느끼는
그 짜릿한 욕망의 희열.

굴레

벗어 날 수 없다
문을 열고 나서는 순간
숱한 회한이
고삐를 낚아챈다

아름다움을 지척에 두고도
밀려오는 권태는
신선한 하루를
햇살 아래 처박는다

무거운 각오로 버티는 동안
삶은 표면을 떠돌고
방치한 나날이 역류 한다
그래도 결국
나설 수 없다.

꿈꿀 권리

거역할 길 없는 충동이
빛없는 하늘에 비로 내린다
생에 그냥 바쳐야 할 진실
위대한 시대의 얼굴이 그립다

신성한 기억은 시간 속에 남아
주름진 얼굴 그 미소 때문에
눈앞에 던져진 오물을 삼키며
의욕만은 파괴할 수 없다

아~
다시 꿈꾸는 사람의 시대여
은은한 열정이 살아나
가난의 빛이 아름다울 수 있도록
숙명의 얼굴을 기다린다.

백수

일상의 그늘로 숨던 날
드높은 그림자를 잃어버리고
미련 없이 시계를 버렸다.

삶의 의미가 비껴선 시간
길게 늘어선 우울한 하루가
어김없이 우두커니 기다리고 있다.
마음을 갉아내는 날카로운 고통
하루 종일 시간을 가르고
숨을 가른다.

마음에 송곳으로 줄을 긋고
곤두선 가시를 눕혀보아도
느닷없이 육박해 오는 심정
하루하루 아닌 척 외면하려다
세월의 틈에 내가 끼었다.

낙화

묻어둔 기억이 하얗게 부서진다
저린 사연의 그리움인가
잃어버린 길을 묻고 있다

달콤함을 채우지 못한
빈 가슴의 설움
팔랑거리는 곁눈질이 아프다.

재밌어

눈 두개
코 하나
입 하나

75억만 얼굴이 모두 다르네
같을 수 없는 확률
신의 섬세한 능력의 위대함

끊임없이 탄생하는 새로운 얼굴
이보다 재밌고
신기하고
궁금한 게 또 있을까.

구토

모든 지껄임은
생각보다 현실적이다

졸고 있는 영혼
연기를 품은 화산인가

영혼을 착취하여
목구멍에 쑤셔놓고
독을 뽑는 담금질

도살장 바닥에 말라붙은 피처럼
생각은 굳어지고
도살된 정신은 냄새로 가득하다.

그리움1

밤의 친근한 호의로
별빛을 더듬어
잠든 이의 빈 어둠을 보며
마음을 두드린다

달빛을 끌어당겨
속삭임을 뿌려놓고
어둠 속을 유영하듯
맘 기슭을 오르는 도약

신축성 있게 늘어진
도톰한 갈망
고집하는 영혼은 슬며시
심연을 찌르며 미소 짓는다

까끌까끌한 영혼에
거만한 눈길 보내는 이
어둠의 조롱이 길다
이 밤, 너마저 감미로운 미소로 박힌다

바람

그어진 경계를 보며
떼쓰며 구르는 마음을
여한 없이 풀어주고 싶다

어쩌다
성장할 수 없는 구애를 이끌고
서툰 마음 일으키며
허기를 느끼는가

허튼 생각
난해한 영혼
묻기도 전에 외면하는 억압
살아온 날들의 습성인 것을

갇힌 영혼에 물꼬가 터져도
겁 많은 나약함은
상처가 두렵다.

꽃

그들도 우리와 같구나
맑은 영혼으로 깨어나
부는 바람에 스스로 부대끼며

흙을 딛고 허공에 매달려
저마다 숨겨둔 표정을 터트리고
색과 모양을 탈피 한다

쭈그러진 빛이 추락하면
화려한 탄생은 계절 아래 묻힌다
그 또한 인간의 모습인 것을.

바다

차갑고 독하다
바위에 이끼 같은 생의 자태
욕심을 후벼낸 천국이다
숨죽인 영혼이 엎드려
녹아내린 삶의 가닥에 물기를 찾는다

단단한 표면을
옆으로 옆으로 더듬으며
뿌리 없는 통증에 가슴팍이 쓸려도
기어코 푸른 싹을 틔우고 마는
무한한 희망의 시작이다.

순수의 시간

고뇌의 시작은 욕심 때문이다
가끔 생각이 끊어진 곳에
복잡함이 사라진 고요가 좋다

삶의 어느 단면이
해맑게 웃고 있을 때
알알이 박힌 순수가 예쁘다

관념은 순수 위에 축척된 속삭임
마음 달아나지 않도록
순백의 바닥을 본다.

어둠 속의 산책

어둠이 내리면
까맣게 누운 건물의 선을 따라
마음이 걷기 시작한다

낯익은 얼굴과의 유대
가슴 가득 움켜쥐고
기억의 푸른 길에 발끝을 세운다

고독이 주는 막연한 욕망
어둠의 사막을 산보하며
도처에 깔린 즐거움을 본다

나른한 기억의 풍요
밤새도록 꾸러미를 풀고
아침이면 다시 기억 속으로 숨는다.

독백

그리움은
매 순간 쉬지도 않네
햇볕에 바래고 삭지도 않아

비가 내리면 더 선명해지고
내 안에 내가 돼버린 완벽함
늘 현실과 분리된 마음이야

어슴푸레한 게 아니었어
시간이 지날수록 두드러지니까.

헤비메탈 마니아

즐거움이 사라진 돌연한 끔찍함
진한 고독의 쓰디쓴 열정엔
살려는 광기로 가득하다

하루가 천 년같이 늘어져
모진 상황에 이유를 부여하고
한결같이 엎드려 눌어붙었다

소음일 수 없는 아름다운 회오리
메탈 음 이면의 날카로운 환희
청춘의 고뇌와 절망을 씻던 폭풍처럼
게걸스럽게 즐기는 아우성이다

마음의 엄격함을 부수고
바래고 무뎌진 영혼에
삶의 무료함을 달래는
무한한 의욕의 늪이다.

제목 : 헤비메탈 마니아
시낭송 : 최명자
스마트폰으로 QR 코드를 스캔하면
시낭송을 감상할 수 있습니다.

흔하지 않은 기쁨

하염없이 걸었다
이유 없는 심연의 발길

뭔가 본 것 같았지만
눈에 고인 형상 없이
숨차게 되뇌이는 고백

지나간 가슴을 향한
움푹한 외침뿐이다

모호한 풍요가 몰려온다
부동의 침묵으로 압축된 비밀처럼
사방이 빛나고 일렁이는 순간
꿈꾸는 시간이다

자잘한 기억을 주우며
완만한 나태가 흐느적거린다
흔하지 않은 기쁨이다.

맘 털어내기

자신의 삶을 글로 털어내고
홀가분할 리 없다

응집된 채 가라앉은 덩어리
힘겨움을 긁는 쾌감에
존재의 바닥은 흔들리고
그대로 벌거숭이다

덧없고도 우수에 찬 세월
오랜 습관의 피난처로 숨어도
다시 벅찬 아름다움이길.

비판

너무나 강렬하다
그 본질이 그러함에
입을 벌리고도 할 말을 잃었다

느닷없는 초조함은
가슴 찌르는 인식
현기증을 음미하고 있다

경멸이 아닌
훌륭한 감정의 고취
가슴 속 깊은 호된 응시인 것을.

일상의 꿈

길 위의 먼지처럼
숨은 애착이 떠돌고
도취가 들판을 지난다

광활한 대지처럼
촘촘한 연대감 없이
모든 걸 내포 할 수 있다면

파란 하늘에 끼어든 구름처럼
쉽게 변형하며 사라지는 삶
작은 소동에 커가는 행복임을.

놓친 것들에 대하여

삶은 바로 거기에 있다
솔직함 뒤에 오는 열병
마치 유배 자의 고독처럼
상승과 추락 사이 거품이 끓는다

그들로부터 오는 희망
성급함은 늘 위험한 절망임을
우아한 의지는 구토하며
화해할 수 없는 모순을 이해했다

어쩌란 말인가
빈곤의 변함없는 집요함
끈기 있게 요구하는 감미로운 융합은
오랫동안 지닌 삶의 고역이다.

그러지 말자

좋고 좋은 것은
이미 내 것이 아니기에
욕심을 타작하는 동안
핏물만 흥건하다

고정불변의 그림자
하루가 기적인 걸
그 아픔을 느껴보려고
또 얼마나 기도 했던가

껍질이 다 벗겨지고
뼈마디가 드러나도록
하루에도 수없이
마음을 소독한다.

잊어버리자

삶이 그렇다
아무리 공손한 시각으로 봐도
볼수록 막연해지고
변치 않는 이기심에 섬뜩하다

영역 밖의 혼란엔
감정을 왜곡하며
수렁에 빠지는 악습의 반복
구할 수 없는 딜레마

감정의 진화는
칭얼거림으로 묶인 바램
복잡한 정신적 계산을 거쳐야 얻는
확대된 자유의 일부일 뿐

고귀한 진실이 분해된 현실
순수한 영혼은 비천해지고
냉기로 증발하는 고통
약점과 결합하면 재난이 보인다

그러니 모두 잊어버리자
삶의 속수무책 섭섭함에
도저한 용서로
시인의 영혼은 꿈꾸며 산다.

소나기

파열의 통쾌함이다
상처로 내리는 가시 덤블
냉담한 차가움이 수직으로 꽂힌다

거친 물방울이 튀어 올라
가슴을 찌른다

빈틈없는 장막
힘차게 다투어 내려도
머물지 않는 후련함

삶의 진의를 드러내며
고통을 깔보는 자기회귀

스스로 연마하는 쏟아짐에
운명처럼 또
고독이 내린다.

제목 : 소나기
시낭송 : 김락호
스마트폰으로 QR 코드를 스캔하면
시낭송을 감상할 수 있습니다.

집착을 느낄 때

거기서 나를 끌어내야 해
푸석거리는 마음
뿌옇게 일어나는 먼지를
계속 볼 수 없으니

밤이 낮인지
낮이 밤인지
개운한 날 없이
새벽만 자꾸 쌓이고

거기
눅눅한 구석에 박혀
햇살만 쳐다보다
눈이 저리다

다 놓아버리자
그럴 수 있어 다행이지
쓴 약을 삼켰으니
항체가 생길 거야.

푸른 영혼에의 집착

아, 오늘 밤 그렇다
오래전 숱하게 겪은
푸른빛의 징후
이명처럼 몰려나와
맘을 쑤신다

닿지 못해 그립던 날
푸르고 푸른 존재
마음을 타고 다니던 영혼은
죽음과 함께 성장하던
펼쳐진 침묵의 시간

견고한 시간에 갇혀
초침이 요동칠 때
삶을 깔고 엎어져 보던
가슴 치던 젊음
저리도록 생생한 푸른빛

절망의 운명이 획득한 집착
더없이 지극함의 오늘
어둠에 눈이 멀고
빛에 눈이 멀어도
투명한 오늘이 그때처럼 푸르다.

위선

삶의 괴로운 사실 하나
어둠에 얹혀 진화하는
미덥지 못한 슬픔
일어나는 반항을 단념하기엔
세상이 너무 맑고 투명하다

걸쭉한 절차 없이
삶의 천부를 거부하며
난해한 영혼에 섬광을 발하는
진정한 향유의 애착은
감미로운 슬픔으로 적셔온다

누추한 이력으로
두려움에 젖어도
쓸모가 지닌 거대한 창조에
운명을 받쳐줄
비열과 혐오를 품고 산다.

책

지면 위 수북한 언어가
마음을 찌를 때

덜컥 소리를 내며
영혼에 박힌다

거침없이 달리는 글자들 사이로
삶의 조각이 튄다.

또 여름

계절을 스치며 모은 빛
다시 여기 빛나네

나무가 숲이 되고
푸르게 일어나 걷는 꿈

태양이 직사하는 거리마다
숙명적 인간들의 아찔한 표류

충혈 된 태양이 날카롭게 꽂히고
그늘로 숨어든 물기 없는 영혼

응고된 초록이 천천히 풀리길
서늘한 바람만 기다리네.

긍정에의 강요

지상의 모든 기쁨이여
아둔한 마음은
너를 응용할 줄 모르니
현실의 사정에 깔려
꿈을 간직한 은둔자일 뿐이네

무한한 세상이여
작은 것에 만족하라 머리는 말하고
참혹한 진실이라 맘이 우기니
책에도 없는 미스터리 공식
비워 낼 재간이 없네.

굴절

이리저리 춤추듯
그리움인가
맘을 떠넘기고 외면해도
그 눈빛 넘쳐 흐르네

맘을 돋우어 놓고도
매 순간
스치며 살아야 한다는 게
슬프도록 아프네

행복은 늘 가까이 다가와
허공을 비틀며
손에 잡힐 듯
눈앞에서 꺾이네.

사랑 한다

모든 영혼을
아낌없이 소진하고
자유로운 내면을
서슴없이 드러내는 자
어디 있는가
나는 그를 사랑 한다

모든 슬픔을
눈 속에 담고도
상처보다 깊은 영혼으로
행복을 꿈꾸는 자
어디 있는가
나는 그를 사랑 한다

경멸과 함께 자라는 아름다움
본 적 있는가
헐린 마음 사이를 엿보는
저열한 눈빛에 미소 짓는 자
어디 있는가
나는 그를 사랑한다.

회상

흐르는 물처럼
언제나 푸르게
마음이 이르는 곳

휘어진 시간을
다시 펴는
간지러운 초록의 꿈

두려운 만남

책 속에선
늘 바람이 분다
신선한 활자들이 향기를 일으켜
취하도록 쓰다듬고 있다

책장을 넘길 때마다
지면을 타고 올라와
조금씩 심장 속으로 스미던
숱한 감동의 진리가
이젠 조금도 기쁘지 않다

관념에 중독 된 영혼
짜릿한 촉수를 가두고
영혼을 고립시키는
금속 같은 심장이 되었는가

무차별 경지에 가 보고 싶었던
그 과욕의 슬픔이
더는 내게
영혼을 내어주지 않는다.

파도여

영원히 지치지 않는 파도여
끊임없이 일어서 달리는
승리자의 굳건한 발이여

자유로운 영혼으로
높이를 바꾸며
거룩하게 맞서 분투하는
그 최초의 몸짓에 전율한다.

슬픈 행복

우굴거리는 생각들
그 유희에 희롱당해도
이 행복을 어떻게 견딜 것인가

머릿속에 자갈을 굴리듯
아픈 삶의 선물로
뒤틀린 기쁨이라도 좋다

완고한 자들의 낡은 폐허엔
기쁨을 버린
구역질 나는 슬픔이 고여 있다.

그대여

새벽 기슭에
가슴 밟고 오는 그대여
앓는 그리움에
비가 내리네

어딘가 피어있을
그대 눈빛
빗방울로 기웃거리는
이맘 알기나 할까.

기억 속으로

어둠 속 안개가
하얗게 번지며
저 편 전망을 삼킨다

고요한 안개바다
아름다운 기억은 늘
조용히 온다

굶주린 듯 먹어치운 행복
가루처럼 부서져 내리며
가슴속을 기어 다닌다

이 밤
영혼이 늘어지도록
꿈꾸고 싶다.

내 안의 봄

봄이 오네
모든 구차함을 잊고
살아온 날들을 잊고
마법처럼 마음을 뒤에 두고
산뜻함을 움켜쥔 채

유리창 밖
날개치는 소리
싱그런 바람에 몸을 띄워
날고 또 날아
꿈꾸네

폭풍이
맹렬히 치고 지나가
다시 못 볼
꽃이라 해도
찬란한 봄이여
내 투명한 영혼이여

생각 읽기

모든 말들이
얼마나 구차한 변명인가
육신이 쓰러져
고통으로 움직이지 않을 때
비로소 영혼이 보인다

달콤한 유혹이 공중으로 떠올라
갈피를 잡지 못하고 싸울 때
말뚝처럼 박힌 신념을 뽑으려
텅 빈 실체를 두고
대립 하는 마음

어둠 속에서 눈을 뜨면
또 어둠
갈라진 틈으로 새어 나오는 맘
스스로 살아남은 생각은
가슴으로 흡수되고

요철과 홈을 메우고
매끈함이 아름다워도
모든 격렬함은
소멸을 향해 달릴 뿐이다.

생의 다른 곳

인간은 태어나 딱 한번
죽을 기회를 얻는다.
많은 죽음들이
빗속에 떨어지고
바람에 흩어진다.

무슨 결함이 그리 많은지
부식되어 가는 시간
거친 표면 위로 여기저기
흩어져 누운 삶

봄비가 눈물처럼 내리고
삶의 부피 보다
죽음의 부피가 커 보이는 곳
병원 복도에 늘어선 군상들
계절을 잃은 얼음 꽃
창밖에 꽃비가 내리는데.

연륜

세상과의 대립에서
천박한 견해를 뚫고
자신의 언어로 발가벗긴
통속적 희망

오랜 경험의 댓가는
그 생명을 분리해 내는 일

이제
새로운 자신을 품어낼
준비가 되었다.

비 그리고 기억

어디서 왔을까
빗방울 터지는 소리

기억은 꿈처럼
가슴 가득 떨어지고
이유 없이 착해지는 맘

푸르디푸른 젊은 날
고독을 신발처럼
끌고 다니던 시간

이런 날
동보서적 창가에 기대
누군가를 기다리듯 읽던 책들
지금은 내 영혼으로 산다

창밖 어둠이 내리던 풍경
그 거리를 함께 걷고 싶었던
몇 번은 그리워했을
푸른 맘 열어줄
누군가의 가슴

오늘 내 곁에서
불꽃 같은 심장을 뛰게 한다.

제목 : 비 그리고 기억
시낭송 : 박영애
스마트폰으로 QR 코드를 스캔하면
시낭송을 감상할 수 있습니다.

80

빈 서판'을 읽으며

아, 이 억센 마음이여
펼쳐진 책 앞에서
하나의 결과를 보기 위해
온갖 예감을 떨쳐버리고
마땅한 시간을 쏟아 부었다

지식을
자신의 편견과 오만으로
상쇄하려는 노력
시험의 관문을 넘지 못하고
마음의 권고만 받고 있다

누구의 생각을 간파하기란
확실히 좌절과 우울의
환멸적인 경험임이 분명하다

마음 닿는 곳

날마다 혼자 꿈길을 걷는다
발끝으로 다가서는 그곳은
영혼을 마취시키는 환상의 늪
항시 내 기쁨은 거기에 있다

마음을 구석에 숨겨놓아도
여전히 그곳에 도달한다
형체도 없는 허상일지라도
맹목적인 감정의 충만

지속적인 울림이 다하고
기쁨의 시효가 끝나는 날
미련 없이
발길을 돌려
영혼의 그림자를 밟고 떠나리.

봄의 생기

밋밋하고 지루하던 긴 겨울
미련 없이 잘라내듯
파랗게 언 가슴에
고독을 녹이는 햇살
꿈꾸는 생의 신호

사로잡힌 향기가
푸른빛으로 날아와
날마다 심장에 꽂힌다
흐르는 것 모두
찬란한 비상.

질투

세상 좋고 좋은 것
가질 수 없는 분노가
마음 마디마디 꺾어놓고

그 심장과
정신의 날개는
깃털처럼 사방으로 날아오른다

방패가 없는 나는
무던히 버티고 있을 뿐
마음은 수없이 칼에 베였다.

고독 아니면 사랑

기다림은
천국과 지옥을 오가는
심중에 고인 빛의 유희

빛과 어둠의 모서리가 붙어
반대로 향한 서로의 눈을
힐끗거린다

알 수 없는 진실의
지루함을 넘어
형체 없는 마음을 보는
찰나의 꿈

그것은
고독 아니면 사랑.

공허한 버릇

뻔한 환상에 코를 건다
틈새를 노리는 기웃거림
진실로 채워질 행운처럼
어쩌다 깊어가는 인연도 있으리

바람으로 서서
세상의 빈틈을 향해
화려한 불꽃으로 매혹하고
익숙한 발견에 여운을 즐긴다

변함없는 반복에 짧은 위로
과거의 기억을 집요하게 추적하며
고요한 들판에 몸을 걸쳐도
여기저기 잡초만 무성하리.

어둠

검은 공기를 헤치고
어둠의 감각이
머리 위로 쏟아진다

빛의 한복판에서
햇빛에 바싹 붙어있던 삶
한낮 요란함에 속하고 싶지 않던

축적된 슬픔이
망각의 숲을 지난다

대지를 파먹고 올라온
어두운 덩어리가
향락의 끝에서 해독을 시작 한다

내게서 멀어져

무한히 뻗은 시간
겹겹이 쌓인 마음을 파헤쳐
부심하던 열심에 속지 않으려
쪼개질 듯 하얗게 빛나는 마음

시간의 본능을 막지 못해
열광적인 어둠이
반항의 기미로 오고 있다

드넓은 삶의 자유
침묵과 어울릴 수 있도록
순간조차 가득 살고 싶은 성급함

현실에서 증발해
망각과 방심으로
내게서 멀어지고 싶은 나.

미지의 봄으로

긴 세월
얼마나 많은 아름다움을 보았나
투명한 꽃잎 사이로
거침없이 봄이 지난다

보고픈 얼굴과
두려움 없이 만나기 위해
봄의 안색은
점점 더 아름다워진다

마음 내닫는 대로 걸어
슬픔의 그늘 지나
꿈을 짜는 손길
느껴보리라.

싸구려 단맛

욕망은 순간인 걸
기쁨의 고리를 뚝뚝 끊어
슬픔을 만들지

서슴없이 날아가는
불쾌한 천성
천박한 이력을
뒤로 모으는 광기

곧 떠날 거라고
예민한 귀는
수천 개의 맘을 달지

깊은 번뇌가 말 하네
슬픔보다 더 깊은
사랑도 있다고

하지만 생각 하네
추한 영혼이
아름다움의 어려움을
어찌 알 것인가

스티븐 호킹

인간의 나약한 수명도
의지의 자유를 막을 수 없다

예리한 지성으로 끌어당기는
무한한 호기심의 응시
시련 속에 던져져도
격렬한 혁명을 꿈꾼다

날카로운 이성의 진화는
투쟁과 슬픔의 가치를 품고
고통의 한계를 넘어
무한의 해답을 구한다

비상한 정신의 위업을 이루고도
승리의 감동에 고뇌하는
그 맑은 눈을 보며
우리는
세상 너머 우주를 날며
또 다른 미래를 꿈꾼다.

열등감

의식의 무게를 느끼는 순간부터
영혼은 함몰되고
의지는 길을 잃었다

파편처럼 쏟아지는
오점의 조각들이
순식간에 가슴속에 내려 앉는다

창백해진 심장이 쿵쾅거리며
요란하게 나서보지만
그 순간 이미
오만한 자존심은 텅 비어 있었다.

그리움2

끝내
오지 않을
수척해진 기다림

마음은 풍선처럼 부풀고
가만히 깊어가는
슬픈 설렘

그 눈 속엔
욕심을 표백 하는
서러움이 있다

틈

순간
짧은 빛이 번뜩인다
당황한 마음은 서늘해지고
뒤편에 뭔가 있음이 분명하다
심장을 뚫고 나온 날카로운 응시
소리 없이 마음은 칼에 베였다

궁금증은 확대되고
머릿속이 뜨끈하다
혐의를 품은 광기는 점점 밀어붙이고
호기심이 흥분으로 들끓어도
끝내
알 수 없는 답답함.

강가에 서면

강가에 서면
마음이 흐른다
삶의 찌꺼기가 수면 위로 떠오르고
쓸리고 쓸려 떠내려가고 나면
가슴속에 고요가 들어 앉는다

바라보는 동안
시간을 거스르고 세월을 돌고 돌아
꿈꾸듯 찾아간 푸르른 날들
고르게 다듬어진 물결 사이로
마음을 타고 기어오르면
환상처럼 마주한 두 눈에
아리고 아린 청태가 끼어 있다.

당부

숱한 결핍을 일으켜 세워
생의 순간에 안착한 지금
온전히 허락된 푸른 고원
주목처럼 우뚝 서
강도를 잃지 않길.

사는 일1

하루를 급하게 다 써 버리고
남은 시간의 길이를 잰다
헛된 반복의 순환
삶의 표면에서 떨어져 나와
하루를 관조할 수 있다면
자유를 휘감고 누워도 보겠지
사는 건
하루의 일과를 채우는 것인가
매 순간
찢어내고 싶은 페이지가 되지 않길
모든 생각과 비밀을 털어도
결국
사는 일.

일본의 이면

집착에 목을 맨 망령들이 들썩인다
갑옷은 녹슬고
몸은 근질거린다
대륙을 향한 근성이 되살아나
폭식하던 악습이
그 기질을 버리지 못해
도덕적 변이가 시작되었다

기묘한 역사관이
야만의 그림자를 더듬어
변신하며
스스로 부과한 임무에
핏줄이 섰다

심장과 두뇌가 빠르게 움직이고
그때의 기준을 살려 내
쇠퇴의 기운을 저지하려는 야욕
그러나
야만의 시대는 돌이킬 수 없다.

기도

적대적 광기가 세상을 향했다
선함과 사랑이 없는
자기중심의 극치
전염병처럼 사방으로 번진다

학습된 나약함으로
어찌 자신을 소멸하는가
이는 이론적 인간의 형상

평화를 이어가는 힘은
억제의 균형으로 이룬
공포의 균형

사랑만이 모든 걸 이길 수 있다
부디

고흐의 '까마귀 나는 밀밭'

그림 속 곧은 길을
눈으로 서성이다
나도 모르게 걸어 들어가
휘어진 영혼에
함께 붓을 그었다

죽음과 함께 보던
까마귀 날던 노란 들판
마주친 눈빛은
나를 향해 방아쇠를 당기고
서럽게 침몰하던
그 암울한 진실

고통은 영원히 살아
거친 물감 마디마디
그 꿈이 꿈틀댄다.

유혹

의식을 자아 깊숙이 쑤셔 박고
마음의 뚜껑을 열었다
굶주림은 신성한 것
채우기 위한 노력이 설렌다
멀리서 다가오는 싱그런 미소
미처 닿기도 전에
가슴이 뛰고
마음은 싱싱해진다.

지금

어이없고 고달픈 하루가
헐떡이며 눈만 끔뻑인다

빽빽한 무리에서 뱉어진 후
인간들 속으로 던져지길

안으로 닫힌 맘 꺼내놓고
호명될 순간만 기다린다

우울을 번쩍 들어 올리며
고독을 분해하고 있다

남겨둔 아침

그리운 마음을
유혹 속에 다 써버리면
푸르른 아침은 오지 않겠지

세상 아름다움은 모두
그대에게 있으니
바람결에 전하는 순결한 마음

비록 작아도
아침이면 늘 푸르게
거기에 있음을.

잠기다

지독한 침묵의 순례인가
공간을 차지한 정적이
얼음에 박힌 돌멩이처럼
삶의 한가운데 박혔다

구속 없는 시선은 우두커니
율동 없이 응고된 채
허공을 찔러대며
구멍을 뚫고 있다

미지근한 공기가
머릿 속을 부딪치며
기억을 실어나르고
표류하는 영혼은 파열을 꿈꾼다

순간

짧고 격렬한 파동이
무한히 닥쳐오는
허용된 틈새

벌어짐을 붙잡아
매워야 할
엄격한 삶의 이음새

피고 지는 모든 것
연속의 순간이
인생인걸.

휴식

파릇한 봄의 매력
잊은 것은 아니다
그저 꿈꾸고 있었을 뿐

녹슨 시간이 부식되고
폐허로 전락하기 전에
자연의 순환 처럼 다시 새롭고 싶다

빛의 권력이여
묵직한 바람에 숨이 막혀도
집 밖으로 이끄는 유일한 친절

주름 속 허기를
무심히 받아주는 상냥함에
정지된 기억을 풀어놓는다

깨달음

빈틈없는 관념
그 당당함에 기죽지 않고
깨짐 없이 관통하는
절대한 심연이 내게 와 주길

머물 수 없는 모든 것이
이미 지나가고 있다
튀어나온 고통이
가시가 되어도
미소로 관조할 수 있도록

한순간만이라도
몸과 마음이 사라지는
없음의 희열이
내게 와 주길.

위대한 자연

어쩌면 인간은
거대한 자연의 소모품

가슴팍을 젖히고 꼿꼿이 걸어도
자연 앞에
한 줌 흙을 더하는 것

인간의 우월을 덮어버리는
저 무한한 자연의 운반력을 보라

무력한 인간은 원치 않아도
번번이 계절의 틀에 갇혀
도망칠 구멍은 어디에도 없다.

외톨이

유희의 명암에 낯선
외톨이
그 뭉툭한 외로움

하루를
깃대처럼
뾰족하게 내밀어도

일만 하던 청춘은
그래서
혼자다.

몸살

공간을 가르던 화살이
숱한 개탄을 품고
결국 내게로 왔다

영혼은 냉기로 압도당하고
빈속을 채우려 해도
거품 이는 후회가
습기로 너덜거린다

오직
침묵만이
나를 보살피며
종일토록 힘겹게
나를 확립하고 있었다.

핸드폰

이건 분명 퇴보다
인간의 뇌가
바코드를 달고
손바닥에 붙었다

이것만 있으면
손가락 하나로 세상을 훑는다
메모리 용량이 커질수록
인간의 뇌는 그만큼 더 위축된다

연필의 무게를 잃어버린
문명의 진화는
인간의 뇌를 비우고
반드시 돈을 요구한다.

 제목 : 핸드폰
시낭송 : 박영애
스마트폰으로 QR 코드를 스캔하면
시낭송을 감상할 수 있습니다.

그곳에 가면

청명한 하늘과 바다
온통 푸르다
마음 표류하기 좋은 날

출렁이는 선 거기쯤
깊숙이 묻어둔 마음
멀고 먼 기억이 올라온다

완고한 평정심을 배우며
아픔을 공유하던 흔적
오늘도 그리움 하나
멍하니 돌려보냈다.

사는 일2

푸른 핏줄을
햇빛 속에 찔러넣고
생의 진동에 거품이 인다

그을린 하루가
모퉁이를 지날 때
긁힌 상처를 그림자에 묻는다

유실

젊음이 좋았다
고통은 번뜩이는 광기에 힘이 났었지
심지같이 빳빳한 자존
삶을 바닥에 깔고
어떤 불의도 용납할 수 없었다
이젠
광기도
자존도
불의도
심중에 집을 짓고
내공의 힘을 빌려
세월에 기대는
침묵의 시간을 살고 있다
부디 영혼이여.

죽음2

날카로운 지성도
오롯이 꼼짝할 수 없는 날
사는 일이 능력이었던 순간
인간 혼은 미래를 보지 못한다

혼자 가는 길
삶은
노래고
고통이고
하늘이다

하여
죽음이 보이면
날개 없이도 난다.

비

힘겹게 끌고 온 초라한 나날
비는 내리고
이따금 바람이 빗물을 가로질러
맘은 물속의 고원을 걷는다

기억 저편에 눈망울이 살아
공간을 뚫고
암호처럼
빗줄기를 통과한다

밤새도록 퍼부어도
쌓이지 않고
금방 그리워질 하루가
쓸쓸히 떠내려간다.

어쩌면

모든 환상은
먼지를 일으키고
견고하게 겹쳐진 진리도
충돌을 거듭하며
아픈 찌꺼기를 뱉어낸다

빈약한 영혼의 비웃음을
일렬로 나란히 세우고
망각을 요구하는 슬픔이여

이 길을 헤매는 동안
혼미한 사잇길로 치닫는 마음
어쩌면
어둠을 토하고 싶었던 이유.

기다림

눈부신 햇살이 두 눈을 파고들어
선 채로 꿈꾸듯 쓸리는 마음
닿지도 않을 맘 가로질러
매 순간 향하는 울림이여

팽팽한 줄을 잡아당기듯
심중 바닥까지 끌어당기는
볼 수 없어 느끼는 고통이여

표피적 감상이 아닌
환상을 넘어 선
진한 심리적 마비를 맛볼
그 짜릿함의 그리움이여.

치매

삶의 그늘이 짙어져
어둠 속에서 길을 잃었다
간혹 불빛이 깜박여도
의미 없는 시선일 뿐

한때는 햇살이 되어
알맹이를 모두 내어 주고
토막 난 기억의 상처는
빈 허공을 저으며
마음을 내던진다

생의 미련은
고통을 지우며
세월을 무참히 불사르고
세상 밖에서 웃고 있다.

바다에서

파도가 사납게 솟구쳐
하늘을 때린다
누군가 또 설움을 토하고
가슴이 옥빛으로 물들었겠다

숱한 인연이 뱉어낸 사연
몸으로 받아
마음 풀어주고
빛을 품고 물결로 온다

온갖 아픔을 떠안고
인간의 감정에 반응하여
스스로 정화하는 고통
그 마음 닳고 닳아서
바다는 모서리가 없다.

예술

아름다움은
주관적인 마음에 의존하고
기대감은
오만에 가하는 압력처럼
파고드는 시선에 몸살이 난다
난점은
이질적인 시각이다

응축시킨 내면의 감상은
관심을 일으키고
실체를 분석하는 동안
흥미로운 자극에 밀려
그 연민이 그들에게 향한다

이전의 태도를 단절시켜
일탈의 충동을 관조할 수 있도록
심적 계기를 주는
살아 숨 쉬는 내적 생명체
그 무한한 감상의 환원이다.

아버지 생각

G 선상의 아리아가
공간을 가득 채우던 날
고독뿐인 축축한 시간
가녀린 숨소리가
음악 속에 죽음을 진열했다

일체의 무상함에
눈빛이 흐려지고
삶의 힌트도 주지 못한 채
잠의 유혹을 승낙하고
어린 자식에게 상복을 입혔다

꿈꾸듯 흘러간 세월
억양 없는 비명은 눈물이였다
환상 속엔
그 무엇도 숨어있지 않았다
끝내 교단에서 죽고 싶다던
그 소원을 이룰 수 없었던 것처럼

밤마다 하루가 분해되고
매일 새로운 아침이 온다
난 오늘도
작열하는 태양 아래 서 있다
이 진실을
삶의 위대한 유산으로 받았다.

넋두리

날마다 시간의 다리를 건넌다
실재하는 순간순간은
경험으로 보증 받고
하루를 역사의 페이지에 끼운다

아무리 향수해도 안 될 일
가진 자의 특권이다.
온 힘을 다해 얻은 모든 것
누구는 이미 처음부터 누리고 있음에
배분의 기회는 무섭도록 불평등하다

기회는 불쾌할 만큼 적고
절망은 늘 차례로 도달 한다
인위적 억압에도
고의적 굴욕에도
훔쳐낸 페이지를 만들 수 없는 우리

공평함을 보고 있다
역사는 다행히
종지부를 찍고 끝나는 일이 없다.

아무것도 하기 싫은 날

마음속 관절이 빠졌다
무력해지는 나른한 권태

에너지를 탐하던 기억의 파문을
멀리 처박아두고
밀린 부지런을 째려보며
성과 없이 흐르는 빈속

처연한 둔한 감각은
늘어진 하루를 바라보며
가벼운 벌로 자신을 방면하고
표류하는 영혼은 바닥을 긴다

그래도 애정이 깃드는 하루
느린 하루가 빠르게 지나간다.

몰입

깨달음이란 굴복인가
훅 당겨지는 진실
끄덕끄덕 가슴에 응축시키고
뭔가 허무하다

안에서 움직이기 시작하면
머리와 귀를 덮어버리고
저항도 능력도 습관처럼
또 노예로 전락한다

탐욕

헛된 갈망이다
하소연을 껴안고 괴로워 마라

식욕을 채워줄 식탁 위에
하얀 식탁보를 깔고
그것이 전부다

환상의 오만이다
성스러운 마음의 무게를 느껴라

시시각각 설레는 무례함
잘라 말하건대
자신과 맞서 반성하라.

실망

가볍게 흔들리고
시시각각 변하니
순간의 감정에 집착 하네

순식간에 속을 쓸어내고는
순간의 충동에 또 끌어 모은다

믿음은 부서지고
뿌리 없는 헛손질의 반복
맘은 자꾸 부채질만 한다

급하게 밀려왔다
냉정히 달아나도
그 또한 부질없어라

그저 바람일 테니

보이는 것 너머

장계숙 시집

초판 1쇄 : 2017년 7월 21일

지 은 이 : 장계숙

펴 낸 이 : 김락호

디자인 편집 : 이은희

기 획 : 시사랑음악사랑

인 쇄 : 청룡

연 락 처 : 1899-1341

홈페이지 주소 : www.poemmusic.net

E-Mail : poemarts@hanmail.net

정가 : 10,000원

ISBN : 979-11-86373-79-8

저작권자와 맺은 특약에 따라 검인은 생략합니다.
잘못된 책은 교환해 드립니다.